How to Take a Rest

休息のとり方

福間健二
Kenji Fukuma

而立書房

装幀　神田昇和

目次

1　階段の魔物

2　この世の空

3　休息のとり方

1

階段の魔物

アメリカの緑茶

よく拭いてなかった
食後のアメリカ
なにかいいことが企まれていても
テキサスでは
二人とも苦労した。

ひとりはメキシコに入り
ファンダンゴの達人となる。もうひとりは
嵐のなかで何度か死んだのち
越えられない峠のむこうにいて
少年時代から
いきおいのある人なのだ。

ひとつの産業が気絶したまま
次が待たれる
そんな町の空の
雲のあいだから光が射して
旅路の慎ましさと
いきおいを両立させる
この日
少しだけ濃い恋も終盤に。

まだ成長する手を
とがめながら
いま彼と飲んでいるこれだけが
特別なのかもしれないけど
アメリカの緑茶
やさしい苦味だ。

父をおいた場所

それ、こっちにおいて。
さびれていても
思い出すことで細胞が生きかえる
商業地区
「こっち」がどこなのかよくわからないのに
「はい」と肩が急いでいた。

未完成の
地獄
こんなところに
と思う。
父はいた。

洗濯機の前
他人扱いのぬくもりにも慣れて
まわりにおくのは
新しいものならなんでもよかったのだろう。

父とそっくりの手をした
不注意な悪魔を倒す飛行機は来て
墜落している。
つながりをたどれる
おかれた道具たち
あれもこれもと一緒くたに眠らせて

さて、だれにお礼を言うのか
急ごしらえのダイニングキッチン
父の食べるトースト
好きな焼きかげんに
焼けるようになるまで何週間もかかった。

鉛筆で書く

気むずかしい機械をなだめながら
毎朝見ている
幼稚園のオレンジの木
寒さに負けていないが
なった実を摘む人はいない。新しい流儀の
「めんどうくさいや」が連発されている四月だ。
動きだした機械も
外との連絡はうまくいかない。
ぼくは鉛筆で書く。

雪崩の危険は去っても問題は発生する。
うなる声やほとばしるインクでは

片付かない経験
分担ということ
同じものを食べたということ
黒い芯をすりへらすということ。温度の変化とは無関係に
がんこな読み方をする他者につくられる自分以外に
何があるのだと言いそうになる。
ぼくは鉛筆になる。

消えるべき線がまだ描く仕事をしている。
そのことへの感謝も
若い疑問も
途中で打ち切り
北の歓楽の都市に来た。ここでも
相互作用。その前に
普通にしゃべってごらん。この鉛筆を使って
自分じゃないだれかが書く。
ぼくには追い抜けない悲しみを追い抜く。

うれしいこともあった

キャンパスに
生きのび、生きかえった植物の息がきこえるような
まだ夏休み中の大学の
会議で
ぼくもそのひとりである一群を
置き場に困る
未発達なものみたいに言う人がいたので
それに抗議して発言したら
挑発に乗って
よけいなことを言いましたね
と耳打ちされた。

その数分後に
うれしいこともあって
親しい人から祝福を受け
それにこたえる言葉を考えたり
この夏から通いだした
プールも露天風呂もある銭湯に行き
鼻歌をうたったりもしたが
生まれる前の
鳥の時代を
生き抜いていない心の声は
さえずりつづけていた。

時間割にあるのに授業をした記憶のない授業を
とっているという学生があらわれて
教師のぼくを告発するという夢を
三日くらい前に見たが
あの夢は何度も見ていると思いながら

線路に沿った道を歩き
記憶にない、人間になる途中の
痕跡のように愛着のある
『わたしたちの夏』を上映している
ポレポレ東中野に行ってからも
小鳥は消えない。

それを黙らせて
ゲストとトークをした。
何度も言っていることだったが
自分の映画について
美しい緑を撮りたかった
それから、ものを言おうとすると
立場がどうだとか、そういうことを
言っちゃいけないとかってことがあるけど
そんなことはない
感じたことを言っていいのだ

というふうにしたかった、とぼくは言った。

そのあと
愛着ということではそれほどでもない
昔のぼくの仕事について
ゲストが言ったことにちょっとムッとした。
客席でそれを見ていて
ぼくが顔色を変えたのが
おもしろかった
と言う人がいて
ゲストの言ったとおりの欠点のなかに
熱をもっておきざりにされている
自分の未発達な部分を思った。

混んでいて座れないJR中央線に乗り
車窓に映る自分の顔のうしろに
銀色のつばさの大きな飛べない鳥がいて

きみは人間ができていないよ
なんでも顔に出している
と忠告しているように感じながら
うちに帰って
うれしかったことの方で妻と乾杯した。
どっちが、人間ができていないか
自慢しあって笑ったあと
夜が涼しくなっていることに気づいた。

エディンバラコートの風雲児

二十七人。会うのではなく
置いていった言葉から判断するのだった。
いい人なのかどうか
目に入った単語を日本語にしていく。
商業主義、写真、図書館、森、性交、難民、広場。
座礁、裏庭、水質、契約、不均衡。
パレードスクール
パレード通りにあるからなのだ
というような簡単なことではなく疲れて帰って
洗濯しなくてはならなかった
エディンバラコート
南アフリカのケープタウンには

この名前のアパートメントがある
ここは一種の長屋
一番親しくなったのは
二軒となりの年金生活者ダンカンさん
ロバート・オウエンの信奉者

分節くっきりで気持ちのいい彼の言葉を日本語にすると
オウエンは産業革命の風雲児
自分も二十世紀の
労働者階級の風雲児だった、かな。
裸足、巡礼、銀河、旗手、片足。
腐敗、岩石、黒猫、三角形。
掃除機もそうだが、ここの
流しの下の洗濯機はものすごく大きな音がする。

住所を教えたら
スコットランドにいると誤解した人がいた

エディンバラコート
ウェールズの首都カーディフのカントンと呼ばれる地区にある。
中国のカントンで悪いことをして財産を築いた男が
ここにエンペラーのように君臨した
と聞いたが、本で確かめることはできなかった。
あと六人。安全装置、案内、足跡、水星、空気、川。

まだ十九世紀にならない
ダンカンさんから借りたオウエン自叙伝
一七七一年に北ウェールズのニュータウンという町で生まれたオウエンが
イングランドのスタンフォードで
一年目は無給という住み込みの店員になるのは一七八一年。
十歳。そのころはそのくらいから働くのが普通だった。
一九八〇年代、質素倹約のサッチャー政権下で
安く払い下げられたエディンバラコート
子どものいる世帯はない。働いている人もほとんどいない。

二十七人から三人にしぼって面接した。
難民、黒猫、足跡。三人ともいい人。
迷った末に選んだ「助手」は
抑揚たっぷりの英語を話す中国人女性
カントンの伝説にもオウエンにも興味を示さないが
瞳がすばやく動く黒猫のグイさん
ケルト文化はぼくよりもずっと詳しい。
大昔までさかのぼるケルト文化よりも
十九世紀からの労働者階級の文化
そっちが大事とぼくは思うようになっていたけど
風雲児が帰ってこない。
洗濯物、外に干したまま
そのあいだも冷たい雨がふったりやんだりして空に虹が出た。

＊ロバート・オウエン Robert Owen 1771-1858
実業家、社会改良家、社会主義者。ウェールズに生まれ、富を得たのち、資本家と労働者が共同で経営する理想的な工場をつくろうと考えた。

エルザ・ソアレス

早足で歩いて
乗組員たちの唾で汚れたレールをまたぎ
うるさい声も
静かな声も追い抜く
この夜
資料と証言のくいちがいから生まれるノイズも
とくに痛いわけじゃない。

痛かったのは
十二歳、十三歳のとき。
あとは「渇望という惑星」からの迷路
そのとき出られる場所に出た。

規定でも選択でもない
ハスキーヴォイス
あらゆる種類の船を難破させた。

どうしたらいいのかと迷うふりをして
番人たちの機嫌をとるプリンセスの
悲惨な転覆には
ため息をつくエルザ
雪を知らない
黒い皮膚
この世でいちばん安い肉のおいしさを知っている。

＊エルザ・ソアレス Elza Soares
一九三七年、リオ・デ・ジャネイロ生まれ。ブラジルを代表する女性歌手で、「壮絶な人生」でも知られる。その表現は、サンバを基本に、時代の先端にあるものを吸収して自由に展開されてきた。多くのいわゆる国民的歌手とちがって、保守的なものに囲い込まれることなく、いつまでも新しい。迫力あるハスキーヴォイス、初めて聴いた瞬間からぼくの心はとらえられた。

新しい人生2015

それ自体の光で輝くものを嫉妬しない。
どんなさみしい通りでも、小さな青い影が
隠されているつもりで歩く。見知らぬ職人の手に
頼らないということ。きのうの、どうしようもないやつの
「正義」をばらばらにして
多摩川の、向こう岸の
茂みに打ち上げたりはしないのである。

神奈川県。奇妙な旅行をしたあとの
窓口の思い出を残しているが
ほんのすこし豪傑になり
前の夜に散財して暗い気持ちになっているような弟たちの

肩をぽんと叩いて、笑ってやる
そんな朝から一日をはじめたかったのだろう。
自転車に乗っていたころの彼の話だ。

戦後七十年。何のどういう家来であることを隠しての
ここまでか。県ではなく、国の話だ。
政権のやることはいよいよ奴隷的な愚劣さをきわめている。
時間をむだにつぶされながら
でも、爆笑する人がいて
ネギの匂いもする南武線
終点まで行かないうちにきのうの手が何度も終わる。

終点の川崎は、ヤキトリ屋がたくさんあるね。ほんとうに鳥のヤキトリで
新しい人生、どんな手に出るだろうと思っていると
鳥子という名前の台風がくる。
光らないぼくはどうしたらいいのか。
鳥子の目のなかに入って人間を洗濯する。

鳥子の親戚にはどなられるだろうが
事件の青い影を追うのは終わりだ。

お菓子の国

なんかない？
学校から帰ると
いつも叔母にそう言った。
あるときも
ないときもあったが
戦争に行って帰ってこない
写真の叔父はゆったりと腰かけて
ないときの
がっかりから
夕食までの
ラジオの時間
「お菓子の好きなパリ娘」の

歌が流れる。
それが
作詞西條八十
作曲橋本國彦
の「お菓子と娘」だとはまだ知らない。
二人のパリ娘が
角の菓子屋で買って
腰もかけずにムシャムシャと食べるエクレール
どんなお菓子だろう。
居眠りのなかの
お菓子の国
並木も公園も
口の歪んだ将軍の
銅像もお菓子でできているが
食べたら目がさめるような気がして
がまんする。
ニュースで知った

戦争孤児たち
滅多にお菓子を食べられない子も
エクレールなんかもう食べあきたという顔をして。

夢を配る弟

戦争が終わったばかりの
闇のなかに
いつのまにか降りて
犯罪
配達
疲れたというほどでもなかったが
復員してきた男の放ったリンゴの芯に免じて
悪い弟だった。
おめでとう。
不在と未熟
必要に応じて
どっちも表現できる

寒い駅の裏
二人のための
お茶、ひとりで飲み
ふるさとを考えさせる月も隠れて
板垣退助の
百円札
リンゴの唄
誘拐事件
なんでも忘れてしまうこの国の人たちの
民主主義とか
大丈夫かなと思いながら
拾ったのが
お祝いの言葉。
ぼくはだれに逃げられたのだろう。
夢を配りながら
ついにおきなかったこと
快晴の冬に

ふと思い出して
請求した資料では
この子の兄はこの子が生まれる前に亡くなっている。
そういう子の立つ交差点
ほんとうに楽しい。
人が通る。
笑顔を返してくれる人は少ないけど
新しい弟が自分の書いた夢を配っている。

落としましたよ

遠い場所で
殺された
人たち
のことを、一緒にお昼の
パンを買いに来た永沢さんが話した。
一月、信号が青になるまでの
つめたい風のなか
あと何回
若い彼女の姿が消滅して
報復は終わるのか。
確かなことはわからないが
パン屋の前

焼きたてのパンのいい匂いがする。
とけない三日前の雪でツルツルの地面に
すべりそうになっても
感情に封をしない。
泣いても笑っても
遠い作戦
ぼくは別のことを思っている。
永沢さんも立ちどまって
人の落としたものを拾い
木の実と穀物だけで暮らしていたころの
余裕をとりもどして
落としましたよ、と言う。

階段の魔物

階段をのぼる。
「あいつら
そんなことよくできるな」
どのへんかな
いつかバケツの塩を撒いてしまったときの染みが
まだ消えていないはずだ。
人であるぼくのなかでは消えたものがある。

必然として次はおりることになる。
素直におりて
気配だけの雨で黒ずむ路面を見た。
さっきはいなかった人が

まだ人であるためになにか言っている。

「聞こえたら返事をしろ」
そんな注意をされてきた
人生の
宿題を思い出させる階段だ。
わかっている。聞こえている。人ではなくなろうとするものに
雨は本気で降る。

いつもそうだ。階段は
人の目が機能しないときだけ
急に進化する
魔物の笑い声がひびいて
「怖いから
抱いて」
その夜
ぼくはなにか書いていた。ぼくはいつもなにか書いている。

必然としての
散らかった部屋。その描写の大変さ。
トレーニングが足りない。
掃除はまだしない。宿題も手をつける気にならない。

鏡のなかの学校

もうすぐ廃線になる鉄道を使って
帰ってきて
このアリスは考えている。
卵が配られる
鏡のなかの病室
それが教室にもなる学校のこと。

何を見ていたのか
窓の外の
木になる果実とはちがう種類の
ドシンと落ちてくるものに好奇心をもち
澄んだ目をして

長くは生きられない子どもたち。

形式だけになっては困る
と言うこともむなしい
業務
人をさらに黙らせる
春までの取引。
交差する面からの
夜を活気づけるものとしては失格の
筋肉への
刺すような刺激とともに

響きながら
控えめな
音楽を
とくにリズムも意識しないで通りぬけてきた。
鏡のなかに理由をつくりすぎて

その複雑さに疲れている
それが人だと思うけど
左右が逆になったままだよ。

なぜいつもそんなに酔う?

なぜいつもそんなに酔う?
ディラン・トマスはなんと答えたのだろう。
理由の丘の、湿った側をすべりおちて
オレンジ色の塩田のつづく海岸を走る。
南ウェールズの、一九三〇年代
汚れたズボン
「もっとイットがあるもの」を求めて
若い詩人の足は愚行の藻にからまれる。
石を投げる。みんな、くるしめばいい。
ぼくの可愛いけもの
ぼくのひねくれた天使

ぼくの狂った夕陽
追いつめられ、色をなくして、夜の塩。
どうやって脱出したのかおぼえてないけど
そして反省なんかしないけど、旅に出た。
ブルターニュ。能登。どこにもいない男になって。

気がつくと六十三歳。
村の占い師とそのとなりの太っちょに
ツイカをごちそうになり、ふらつく足で
切り立った大岩にのぼる男だ。
皮商売は休業中。ポケットにはまだかたい果実。
子宮じゃなくて、魂と音楽から
生まれるルーマニアの娘たち
パンを上手に焼いて、体操もめっちゃうまい！

彼女に会いに行く

なるべくむずかしい話はしない。
せっかくの
詩の材料
透明な秋を入れたケースの蓋に

きのうからの雨
なにがバクハツしても
姿勢は山をおりてきたまま
描いた絵のなかに。
そうだろう、そうだろう、資本主義は
泥をはねかえしてつづくだろう。
治らない病気の

だれのために泣いたということもなく
雨はあがる。
でも、存在した山をおりて
泥をあびたこの身には
あがらないものがある。文句は言わない。

毎朝、ぼくはそれを確かめる。
わかる味と
わからない味のあいだに
搾取の手を動かして

彼女に会いに行く。
自分のものだと言い切りたい
労働の音を、全身でアレンジして
彼女の好きな
迷子のうた
脱水に入った

洗濯機のようにうなりながら

いちばん大事なことがわからなくなって
二番目がいくつも図々しく
架空の山をのぼっていく
この社会
守られていない彼女に会いに行く。

なにへの下手な言い訳
結局は、余裕のない川
また雨になって泥で濁るだろうが
いまは指さきの力を抜いて
手をあてるだけでいい。

いつかは放す手でも
目をつむってそれを感じる動物がいて
そして、いらない

と思われたものにも
未知の成分が流れるとしたら

なにが食べたい？
ラーメン
ライスの小をつけて。
しまりにくい蓋のかわりというわけじゃないよ。

きみのために詩を書くよ

何をさえぎる雨？
たぶん、明日への見通しだよ。
国分尼寺跡から府中街道の方へ出る
トンネルの壁のくぼみに
きみは隠れていた。
その十本の指が十本ともかすかな光を発して
侵、略、的少女。この秋のヴァージョン。
生きていればいい、のかな。
生きて、詩を書く。生きて、詩を読む。
みんながもっと普通にやれるといいんだけどね。

きみと話した一時間。

この惑星のどこか
死をねがう子たちを追い抜いた
旅路のはての
駅と食堂が出てくる詩を思い出した。
遠い昔の家出の話をきみはして
ぼくは自分が詩を書いていることを話したね。
ロマン派の詩人たちから盗んだ
七つの重大欠陥を
八つにも九つにもして。

雨のあがった夜の遺跡。石と枯葉の上に
その光る指をひとつずつ落として
きみは去り、ぼくはわかった。
おたがいの明日のなかにとびだし
破裂して狂う、その入口が
十個あるのだ。それを踏まないように
十一月、十二月、ゆっくりと動き

自分の息の音を聞けば、新しい年。
寒さに負ける死とのどんな取引も拒んで
きみのために詩を書くよ。

背中のブツブツ

見えない首輪を
はずしたつもりではずしていないから
長い廊下
抱きあう死者たちと
二重写しになる
ビニール傘との対話は成り立たない。

反応が皮膚に出る
管理社会の
しずく
当然にも
適量ということがあるのだ。

いつかだれかのために
大胆に広げるものを閉じて保守する生活
風呂あがりにトマトジュース。
きみの指を受け入れる
事務の量に怯んで
湿度が反響する。

笑いたくなるほどぼくは生きている。
さっきまで存在するのを忘れていた装置の
小さなボタンをかたくして
背中のブツブツ
消えない。

やさしくゆっくりと

指でつかんだものを滑らせる。
はやすぎると「もう一回」になる。
相手が機械でも
やさしくゆっくりと
ハーイ、古い巣から出て
見習い中の
キーボード奏者たち
不器用な人にも
のみこみのわるい人にも
音楽は
覆いかぶさる影を変化させる
池のさざなみだ。

不安なことだが
好きな人の住む場所に行くときは
とくに注意したい
指のコントロール。
「骨を意識して」
演奏する人がいる
ニューヨークの地下鉄
改札口でメトロカードをスワイプさせるとき
うまくいかないことがある。
ここでも
気持ちをこめて
やさしくゆっくりと、だ。

枯葉の国

深い目に秋を飲み
ぼんやりしている権利が
人にもある。

とくに望んだわけでもなく
落としたもの
脱いだもの
ちゃんと始末しなかったからといって
きみがどうして卑怯者なのか。

光の暖かさを吸う水をもう楽しめなくても
相手次第では

赤い血管をふるわせる
葉
偉いなあ
と、隠されたマイクで拾った音を
老いた男が聴いている。

彼と心臓を思いながら
葉を踏む靴
そこにひとりで行って
ふたりで帰ってくる。

ラーメンの歌

1 暗くなるまえに

毎日でも食べたい
雑味のない醬油味
うちから歩いて七分
あかねさす旭通りの金水園のラーメン
小ライスをつけてもらって五五〇円
パラダイス・ロストにも出てくる金水園
母と娘二人でやっている
母ケイ子さんはライスを左におき
娘望美さんはラーメンが左。

うちひさす都心に出たときは
博多天神のとんこつラーメン
替え玉ひとつ無料で五〇〇円
渋谷にも新宿にも池袋にもある
さいきん新橋店も見つけた
午後一時からの映画の試写
十二時には店に行き
ゆっくり食べてどこかでタバコをすい
いまはなき人を思って椅子にすわりたい。

2 キスしてほしいって!

うつせみのあの世に行ったら
子どものころの西荻窪
来々軒のラーメン
いまでも四〇円かな

だれと行こう
やはりそのころの人
月影のナポリの森山加代子が大好きだった
中学の先輩ヒデハルさん
思う人とキスはできたんだよね。

きょうはうちで
五食税込三九四円のサッポロ一番
魚肉ソーセージとネギを入れた
インスタントラーメン
塩味には醤油
醤油味にはお酒
ひとたらしの隠し味
それを教えてくれたのも
ひさかたの空でいびきをかくヒデハルさんだ。

3 何番にしますか?

カッコなしでまだつづく
枕ことばと値段入りのラーメンの歌
注文を番号で言う
わかくさの妻と出会った岡山の天神そば
六番の肉の多く入り大盛りをよく注文したが
ちかごろは普通の一番にする
いま七五〇円
スープの濃さが変化するので
行列に並ぶ覚悟で十二時半までに。

金水園もそうだが
いまはなきご主人の味を奥さんが守っている
そんな事情はわからない
くさまくら旅の途中の行きあたり
鹿児島の一〇〇〇円のラーメン

森進一が昔バイトしていたという店
ニューヨーク大学のそばの
十何ドルもする味噌ラーメン
一度だけなら許してあげるという歌もこの世にはある。

東京コーリング

東京から
どこか遠くの知らない町へ
言葉を送る
東京コーリング
これはその8、二〇二〇年二月二十日版
知らない町の、たぶんそのへんだけのチェーン店ハシゴしながらの
自問自答にちょっと飽きて、熱い雨をあびたい少年少女たちに。

まず明るいあいさつができるといい。
脱いだ下着を忘れるような絶体絶命の窮地でも、もう逃げられない
とか思ったりしないために
言ってみる。

ハロー、大泥棒
ハロー、夢ではみんな大泥棒
ハロー、裸で隠れるための山は黒焦げだ。

紙を見ないとあいさつもできない連中に盗まれたものを
盗み返したかっていうのさ。
そしたら自分自身を盗み返したって。
そんな哲学に甘える自分を殊勝に洗う
その人
特技は山火事のあとの大風呂敷
黒い嘘でかためた東京をいくつも入れて、さて洗いますよ。

金持ちの家の風呂につかっても
そんなのにつかったことなくて中の下くらいでも
そのもっと下の谷でお風呂なんかなくても
自問自答それなりに大事。だとしても、夢と現実の区別が
つかなくなることがある。

青山とか渋谷とかじゃなくても
迷子になって迷子になったと認めない自分がだれだかわからないことがある。

東京、そんなによくない
とわかってしまったもうひとりの自分に
のびのびと歩かれて
青い顔になって、裸になるのに時間のかかる今日のきみみたいに。
ハロー、ハロー、ハロー
いつかは、盗まれた山と谷を取り返してスイングする地理の授業
水際で対決だ。

東京じゃなくてもいいんだけどね。
でも、東京に
と列車にとびのったおねえさんの行方が気になる
少年少女たち
たとえばその胸のアフリカ、まだ取り返してないものがたくさんあるだろうが
こちら、東京

大股で歩いたおねえさんどうしてるかと気になるけど
缶チューハイと柿ピーあれば
新型コロナウィルスとかぜんぜん怖くないというおじさんも気になる。
なんなんだろう

「女に聞け」のせっちゃんに共感して
せっちゃん、おねえさんの何年後の姿なのかはいいとして
書くこと、生きること、飽きないことがあるだけでも
たいしたものだって。ほんとうに、東京じゃなくてもいいんだけどね。

東京コーリング
いまは山中、どこの山のなかだろう、少年少女たち
泥棒の腕が鈍っていつのまにか自問自答もできないじいさんばあさんだ。
洗い方、甘え方、こんがらがって、金持ちの風呂には入りたくて
目がさめると
水没寸前
はやく走って逃げろ。

＊二〇二〇年二月二十日、青山スパイラルでのイベント《Support Your Local Poet Meeting 番外編 福間健二／宮尾節子「東京コーリング」》で朗読。「金持ちの風呂」は、碧衣スイミングの歌「盆踊り」から借りている。

歯を食いしばる

自分のは下の六本しか残ってないけど
ぼくの
生身。準備なしに
はじまっているコミュニケーション。
サエちゃん、ぼくと同類だと思っていた。
でも実は、足りなくなっていくものの
代わりをするのではなく
新しい役割の美しい生きもの
なんであるのか
わかるのは
ぼくが死んでからだろうが
その歯はきらいじゃないかもしれないね、人間のこと。

イヌも、イノシシも、ネズミも
歯はそうじゃなかった気がするけど
この、なにかに触るたびに
夢を見る甘さ
裂ける弱さ
を隠さなくてはならない
ネズミの年の四月
たぶんきれいすぎる水を入れたコップに
名前のわからない花をさして
置く場所に迷うぼくは
神妙な顔の
従業員である。
要請に従った
閉店の午後八時まで
バーテンダーで
そのあと掃除も戸締りも
オーナーに電話もする。

マスクしたまま
クルミを割るほどの力をむだに使って
それでも
だれにでも、の
破滅と追放のラストへの
時間を稼ぐ
オイディプス、簡単じゃない。
そして水に記憶してもらうのは
なにかの美しさや死者の数ではない。
それがそれであること。
四月十三日、雨。光が欲しい。
サエちゃんはもう自慢の古典的なレインコートを着ている。

2

この世の空

きみのママに聞いてみなさい！

鼻のきかない、雨の十二月に入る。
四十年前のユーミンの曲をうたう。
傘さして、なにか、それほど、やっぱり。
冬に向かう社会のいいかげんな反省。
バタンと閉まるドア。
島のこと、あの子のこと
あの子の目の力、思い出せるし
いま咲く花もあって、ありがとうだけど、寒いよ。

痛い。重たい。動けない。
大人になるって
こんなことなのかとみんな思うのだ。

なんだ、あるいは、つまり。
アマリリスの蕾、ごっつい花になるんだってね。
もちろん、かたちはどうでも
生きたい意志があればいい。
すてられて、ステラ、拗ねてここに来たとしたってさ。

祈る声のXにYESと言えば
気持ちいいZ頂に達する。
としても、それでも、だから。
そのXが解けない。
くやしくて島の密林を出た愛くるしいきょうだいたちは
どんな町の兎に出会うのか。
この苦しい汁飲んだら
ルーシー、不良だったきみのママに聞いてみなさい！

兄弟

なぜでもいい。連動が切れて自分を責める。
次の瞬間にはしっかり食べている。それでいいのか
と入り込んでくる無関係な人を何人も殺す夢が
戦争の夢になっていた。

がんばっていた渡辺豆腐店も
数日の工事で解体された東四丁目から
ソウルへ。自分の醜さに気づかない日本人のひとりとして

モーツァルトなど聴きあきても
あいだにある普通の声の中継をためらう
ともに欲ばりで、大振りしたがらない両岸の文化。

戦争の始末は終わってないけど
ゲストハウスもマンションもカフェもある
人工の森の
空気にどうしても同化できないもの。最後に連絡するのは
それだといま言ってしまった。

見つめあって確かめたい。つつましさではなく
そのほうが便利だからでもなく
発達しない兄弟がいる。黙って消えていくものが
多い時節に。こういう「障害」以上に
役立つものがあるだろうかと笑う入口をあけて
星の映るその瞳を待つよ。

九月十一日の夢

怖い夢を見た。
九月十一日
そのための動悸と
千人以上の遺体の身元が特定できないというニュースから

人間であること、爪先旋回ができることの
証明が必要になったと感じて
いままで知らなかった
来る人のほとんどいない公園に行った。
来た人
革で作ったものが似合う
草取りに来たという人と話していると降ってきた雨の役割は

どう生きたらいいのか
あるのが自信でも悩みでもそんなふうには
ブランコに座っていられないほどにすること。
簡単に言えば頭から人種とかわからないようにすること。
ボランティアですか。手伝いましょう。
いいえ、けっこうです。

雨あがりの、自然におこる
うつくしい実験を
盗み見る「平成」に白い馬が降りてくる。
近くで見ると白い馬はそんなにうつくしくない。
九月十二日
きみも靴かカバンになることを考えていいころだ。

強制されてここにいるわけじゃないが
遠出とかずっとしてないし

願ったこと、ほとんどやってもらえないみたいだ。
九月十三日
もう夜
髪を洗いたい。シャンプーはある。でも、許されないだろう。
馬ではないが、動物の背中のようなものに

一緒に乗ってきた人の秘密を知った動揺から
鍵をなくした
なんの用意もない家に
千人以上の見知らぬ人を招いて事件をおこす夢だった。
九月十一日のぼくの夢は。

銀座

三月、片付かない仕事のことを忘れて
ある画家の
絵を銀座で見た。
絵の具をぶあつく盛りあげて
なんでも真っ黒にする。
そういう時期と
そうでもない時期があって
いまはもう描いていない。

その画家について
友人が長い文章を書いていて
それで見にきたのだ。

見て、考えて、それから通りに出て
桜の木を見た。
つぼみ、まだ赤くない。
風がつよい。
ひとりのおじさんが前進できなくなっている。
バスでやってきた外国人の集団は元気だ。

画家はまだ生きている。
画家のことを書いた友人は病気をして
恢復したが
いまちょっと言葉が不自由だ。
「思っていること、ちゃんと言えない」
と言われて
思ったこと、ぼくもちゃんと言えなくて
見知らぬ人たちのなかにいる。
生きている。立ちどまれない。前に進む。

銀座、いまはこうなのか
と消えた店のことなど
妻と話しながら。
福島出身の
二人のおばあさんがやっている
京橋のやきとり屋「大虎」はまだある。
開店まであと三十分。

この世の空

腑に落ちぬ世。百年前からずっと
同じことを言わされてきたが
きょうは大谷翔平がホームランと二塁打。
酒がうまい。この春からずっと
ぼくの野球少年は遠い空を見て落ち着かない。
去年の夏は藤井聡太で、いきなりの将棋熱。
嘘に嘘をかさねて逃げきるつもりの政治家や役人がいて
それを許さない人たちもちゃんといて
天才もいる
この世の空、怖くなるほど青いときがある。

クリスマスの歌

終わった夢の後始末ができていない。
この社会も、ぼくも。
たくさんの約束したこと果たせずに
この年も終わりそうだ。
なのに、反省のないやつ。
次の夢の階段をのぼり、夢の町に入る。
ジョンとマライヤの、クリスマスの歌がきこえてきて
花が咲いている。

冬の花。
スイートアリッサム、スノードロップ
ノースポール、エリカ、ビオラ、クリスマスローズ

みんな、遠くからきた。
どれにしよう。迷った末
わかりやすいシクラメンを母に持っていく。
夢の踊り場。夢の波止場。
老いた女たちは遠い沖の光を見ている。

きみを探しに行く。
その勇気がなくて
クリスマスでも営業するユダヤ人やアラブ人の店ですごした。
ウェールズ、スウォンジーの波止場。
詩人は狼のいた昔を語り
きみのいない青いクリスマス
さびしい思いが直線を描いて
窓のサンタクロースの瞳のなかに。
長い夜がきて、クリスマスがきて、新しい年がくる。
人は、願う。

「宝島」に行きたい。
争いをやめたい。
有名になってママに会いたい。
美しい街に住みたい。
あの人に詩を届けたい。
ぼくもつぶやく。
岬の灯台が見たい。
子供時代の新潟、「前夜」の荒れる海を思い出しながら。

青い部位はないのに

青い部位はないのに光の加減で青く見える。
その構造を思いながら
新しい年
マロニエというお菓子屋のある角を曲がって
一橋大学の裏の道に。
生きていく。それだけでも大仕事。
想像できる悪では始末できない「青い鳥」
その可愛い声は、遠くの自転車のブレーキの音。

この宇宙、どうして
突然、ふりむくとドアが開き、あわてて出てきた娘が
バケツの水をひっくり返したりするのだろう。

愚かな恋の夜、セメントで
灰色におおわれた地面に星を孕み
炸裂して、どう歩いたか。
猛反省の朝だけど、西の空にうすく大きな月
待っていてくれたんだね。

「新年の手紙」で田村隆一が引用したのは
オーデンが過ぎ去った季節からの「二日酔い」のなかで書いた詩。
ぼくも好きな詩だが、それは棄てられた。
ふりかえってはならない亡命者
ウィスタン、ハンナ、そして足を濡らしたきみ。
やっぱり飲むしかないか
体のあたたまる熱燗がいいね。
新年を祝おう。

クレイジーラブ

新井さん、星になった。
小さな星と手をつなぎ
夜空のいちばん青い場所から
地上のぼくたちを見ている。
自分でコントロールできないものに引きずりまわされ
うっかりミスにつけこまれるこのバカども。
でも、好きは好き。
諭されても、笑われても、愚かな恋をしちゃう。

見つめあった。
見える目で見つめ、見えない目で感じた。
点字を打った紙が散らかる畳の上に

すわったミニスカート、ストッキングの脚。
心配したとおりに飛んでいった。
夜行列車の記憶の奥の
夜空を引き裂いた光線に射たれて
恋は盲目。何度、ランプを擦っただろう。

会える気がして森のなかをさまよった。
呼ぶ声はもう聞こえない。
会いたい人は「新しいだれか」と消えたのだ。
吐きたくなるのをこらえて雨の駅に出る。
ずぶぬれの二十一世紀
電車では間に合わない
翼をください、でもない
傷だらけの鳥になって星の駅まで。

クレ、エ、エジ、ラー
うまくいかない恋こそが、本物の恋。

大きな木の下に青ざめてやってきた人が
自分と世界に言いきかせる。
でも、黙ってくれない王子と姫をどうしたらいいのか。
星空のはて、いくつにも裂ける
夜のイチジクの、クチビル。
名前が呼ばれている。

ケチャップ

もらったもの
とくに刺さる力をもつものは
大事にする。痛かったのを忘れちゃだめだよ。
ケチャップ、よくしゃべる男たちの
背後の岸辺で
踏まれている袋入りの夢が腐りはじめても

窓辺のきみは負けていない。
なぞられたデザインの、永遠なんかには。
だって、新井さんの見た「生きることの罪と
生命の官能をつなぐ
金色のほそいみちすじ」につながる偶然を

きみの撫で肩は生きている。

日が暮れる。やりたいことやって
したくないことしなかったというわけじゃなくても
きみひとりのせいじゃない。
そのキズも、屈折も、北側の
外廊下の暗がりからドアへのひとりごとも
脱ぎたくたって脱げないだろう。

ここに窓がある。
眠れない夜の毛布のなかに
世界がいろんなものを放り込んでくる。
もらったのだ。
他人の時間と刺さる理由。
痛くて痛くてたまらないからきみは甘い息を吐く。
窓の下を通るだれかにその息で魔法をかけて
知らん顔していよう。

それからおいしいビールだ。

寒くないリスボン

この冬はリスボンにいた。あたたかい冬だった。
リスボンで妻とぼくが食べるといえば
暑さ寒さと関係なく、ニコの店だ。
一週間に五、六回は行く。
ベイラス地方出身のニコ
もう十年以上のつきあいだ。
横木くんが書いていた「寛容」の壁の上
そのとびきりのタラ料理に向かう
坂道の主題のひとつは
アフリカにどう出会うかだが
その前にアジアとの約束だ。
忘れられた子どものように地球を歩いて

果たさなくてはならないことがある
という夢を見てしまったのだ。
それがなんだったのか
思い出せそうで
思い出せない階段通り
足も心も鍛えられて
一月一日、餅はない。ニコの店もやってない。
思い出したのは、ネパール料理のコイラーラの店。
やはりニコの店のやってなかったクリスマスに行った場所だ。
コイラーラ
ネパールからリスボンに来て
まだ半年という明るい人
ポルトガル語のできない彼女のつくったモモを食べると
頭のなかで藤圭子の「新宿の女」が鳴った。

暑くない新得

考えてつくった人物が
生きている人に負けて
くもっていても美しい新得のお昼だ。
宮下農場の文代さんにもらったアイヌネギの醤油漬けをつけて
生のズッキーニをかじり
それから大皿の
ニンジン葉のスパゲティをたいらげる。
たとえば、これ。間引きニンジンの葉っぱ
を妻が上手に使うので、ここの人たちは感心した。
宮下農場、宇井農場、山田農場、はら農場、加藤牧場、幸福くんの畑
おいしいものを生産する人たちと親しくなった北海道十勝地方の新得町で
夏をすごしている。

天使の生きる場所。
これが仮題の
来年撮るつもりの映画の構想を練るためだ。
今年、このあたりは
麦の収穫の終わった八月の初めごろから晴れる日がなく
最高気温、二十度に達しない。冷夏
の一歩手前だとだれかが言った。
いろいろとまずいことがあるだろうが
ズッキーニ、トマト、ナス、ジャガイモ
おいしい野菜はどんどん採れている。
妻は「たいへん、たいへん」と言いながら
買ったりもらったりした野菜でおいしい料理をつくる。
ぼくは食べるだけ。
感謝して、このおいしさに負けないものをつくりたいと願うだけ。
そうなら、もっと素直になること。
ここへ来てから読んでいる
食べることにほとんど興味のなさそうな作家が言う。

自分はひねくれているくせに。
わかってほしい。
素直に、夜は野菜の精たちのあいだをさまよう犬になって
吠えているぼくだ。
さっき妻と二人で
小さな白い花がぎっしりと咲くソバ畑のあいだの道に立った。
地面におたがいの影が見える。
やった！
十七日ぶりの太陽だ。

それを探しに行こう

革命は頓挫したまま
次に夢見たことの一部は実現して
テーマは布。
だれがいるのだろう
読む人もあまりいない記録とともに
未払いの家賃がたまって

覗いてみると確かに私が借りていた部屋だ。
生きて動き
隠したいもの
もうそんなにあるはずないが
機械の織るさまざまの布を用い

ここでもきみと私が思うのは
今年九十六歳になるユキ子叔母さんのこと。

見えない波をあび
低気圧の影響もあるだろう。
自分の目で見ている多くのことが理解できない。
叔母さんではなく
私たちはそうなのだ。
この寒い日
これだけ言って
テーブルクロスかけないテーブルで
ラーメンを食べる。

叔母さんはある大きな事件で夫を亡くした。
そのあと別れて暮らした娘もだいぶ前に病気で亡くなったが
孫とひ孫がいる。遠くに見える社会のまとう
あまり上等じゃない心理の

布の下に生きている
戦争
をはじめとして
私たちが終わらせてないこと
あれこれ思い浮かぶが
このラーメンはあっさり塩味。

かたくしぼった布巾を使い
きみの頭痛はなおって
大きくなる私たち
始末したのだ。生きてない自分を
白い布とかにつつんで大事にしてくれと迫ってくる運命は。

こうなれば
明快な意見をくりだすきみが言う。
布といえば
何年か前にユキ子叔母さんにもらった

ろうけつ染めの袋に
しまっておきたいものが
あっていい。あるべきだ。
雨が本降りにならないうちに
それを探しに行こう。

十二区のバラード

何区まであったのだろう。埋立地。十二区の
ただ逃げそこなったという感じの木々に囲まれた小さな家に
ひとり暮らしのヤス伯父さん。行くといつもなにか書いていて
揚げせんべいバリバリ、口ぐせは「生きてるだけで、儲けもの」。

「六つのよくある悪いくせをやめるための即効レッスン」

「ちょっと強引でも人にイヤがられない仕事の作法」

「お金がどんどん貯まる呼吸のしかた」

などなどなど、ながーい題の、ほとんど同じ内容の本を
馬力で書いている、と伯父さんは言った。

不運な、気のいい妹である母と毎日遅刻する甥のぼくのことを

ぶしょうひげの笑顔で心配しながら
見事に売れない作家。でもでも「生きてるだけで、儲けもの」。

「こいつは妙なくせがあるけど慣れると使いやすいや」
と、もらったものは大事にしたので
近くに住む、出身階級さまざまの、ひとくせある人たちが
よく持ち込んでいた。こわれたもの。本当は使っちゃいけないものも。

むかし、このあたりは湿地帯。そうじゃなくなってからも
死んでるもの、あるいは死んでるように見えるものが
いつのまにか濡れていて、いつのまにか動いていて
泥だらけの神童はヤス兄ちゃんだけじゃなかった、と母は言った。

いまは監視カメラとかあるので「いつのまにか」も
そんな呼び方もなくなっただろう。埋立地。酔うと
踊った伯父さん、カチューシャの唄をうたった母、ひとくせある人たちも
家々も整理され、大きな道路が引かれている

十二区。遅刻ぐせの直らないぼくが決めた伯父さんの代表作
「桐の木、栗の木、桃の木」
に出てくる木、みんな伐られたけれど
揚げせんべいバリバリ、一緒に食べたぼくは生きている。

馬力で、いのちを削って、故障しても
「生きてるだけで、儲けもの」。
きょうは弱い雨という予報
濡れて困るものはとくにない。

二度寝しないために

午前四時。目がさめて、二度寝は
よくないと意志をつよくして
全身でいくつか文字を
殴り書きするように動き
三階の部屋から
外の暗い道に出た。

だれにも見られていない。
底におりたという気がした。
だれにも見られていない。
終わった選挙のポスターの顔たちに
見る力なんかあってたまるか。

弱い風が吹いている。
遠くで、なにか割れたような音。
人の声も。
二十年以上住んでいる町が
いままで見せなかった表情で
なにか指示している。

だれの意志でもなく
構造で決まってしまったものの
どこをどうすればいい?
よくわからないけど
もっと下に行けたらいいと思った。

スター

たいした自覚もなしに
動物としての生命線の
嗅覚、あまりはたらかなくなって
そうなれば一部には大受けするまぬけ顔で
原因がわかった恐怖の浜辺に
舞い戻ろうとした
六月十二日
人形を使った
映画のような
シンガポールからのニュースで世間はざわめいたが
掃除人も学者もしばらくは

来そうにないその浜辺
見てきた映画の話をやめない人がいて
こんなときに
荒れる波は
見かけだおしだ。

だれにでもある
波に乗る権利
事実のなかにある
甘い悲しみ
ちゃんと味わっているとしても
祈りの部屋をもたない人のための
闇。あるいは、花がなかなか咲かなくて
咲くとなると咲きすぎる
生垣のむこうの
天国と地獄。

ここで挨拶します。
わたしの出ている映画を
見ている人たち
見ていない人たちの不幸の
ゴミ箱のような匂いを
どうぞ、もう少し我慢してください。

テレビで見たものなど

歩きながら期待してなかったことを
うろたえるほどじゃなくても連発されて
たとえばイスラエル関連だ。
ぼくは第二次世界大戦からの矢印に
あなたは叫びそこなって
赤いポスターの腕に招かれる。
この構成主義。びんの口の、息の甘さ、どうしよう。
叫ばなくても方向音痴でなくても何曜日でも
理由を束で忘れてバタバタする
駅前ロータリーの
バス乗り場。おじぎくらいはしてくれということさ。

でも、隠れているあいだに急にお腹が痛くなる。
何を蹴っとばせだったか、雲を仰ぐしかない。
ほんとうに信仰している人は少なくなった。
壊れている人は多い。
さびしがる妹も多いけど
コーラの、ガラスのびんは見なくなった。
沖縄では溶かしていろんなもの作ったのに。
「おじぎはしましたよ、静かに
スカートを少し持ち上げて」
戦争したがる国々の
不純同盟。テレビの朝の番組で知った。遺骨収集のインチキとかも。

では、バスに右から読む爆弾、仕掛けてないとはかぎらないとしたら
やってくる
だれの吐息で曇りたいのか。
流れ星見るのをあきらめず
テレビは見ない

そのメガネの頑固さで
運命をひっくりかえしそこねて
曜日のわからなくなった戦後を生きている人には
テレビで見たものからもうひとつ。
びん容器、並び方を変えれば金曜日。
わかったかな。朝の六時五十五分、ぼくと同時に割れる遠い人よ。

百福図

マカオで百福図というのを買った。
「福」の字の異体が百個書いてある軸。
この散らかった部屋の
どこからも見えないような場所に
それが掛かっている。いま、見た。
埃をかぶって褪せた百の「福」が怒っている。
しあわせ呼ぶのが仕事だなんて
それだけでも大変なのに、これはないでしょうって。

ノスタルジア、ウルトラ
いま、音楽はこれだ。
夜のスラム街のR&Bパーティー。

懐かしいビートに新式の夢の急流がかぶさって
だれのしあわせも許さない魔物がやってくる。
どこに隠そう。狼と詩人。
隠せるか。隠さなくていい。
百の静かな呼吸で、魔の川を母の川にすれば。

背骨で息を吸って、ウーム。
しっかりとお腹にためてゆっくりと吐く。
これで怖いものなし。
歌舞伎町でも、マンハッタンでも
「破滅」を突き抜けて笑う門に行く。
ハッピー、トゥギャザー
ブエノスアイレスでは中華料理。
「福」の字だらけの店で、得意になりすぎるなよ。

冒険人生

大好きな
きみには飽きない。
一方的。しかしそんな暴力に屈するか
とぼくの味覚も発達する。
飽きないきみを別方面の夜に吹きとばすために
片目で集めているのは
幸運を呼ぶというスプーン
これにはちょっと飽きて
つながり薄い旅人に迷惑をかけた。

直したいところがある。
でも、直し方がわからない。

そういう夢ばかりがたまって
夏の多摩地区である。
平均以上に人が変死する。
どうだろう。
早朝の涼しいうちに炸裂して
原因のつきとめられない匂いと
昼間だからよく見えない火花で
序盤の
不安は
切りぬけた。
悪化しているのは
社会よりも自分だと両目をあけて

「わたしとしたいの？」
もちろん、そうさ
と笑う舌はとりかえした。
では、これで何を味わうか。

「よかったのは
いつも味方になってくれる人がいたこと」
そういう幸運
そういう、さじ加減

きょうもこのあたりの交通は混雑する。
あらわれるたびにきみは、おいしくなって
ずるい。どこでも自分の遊園地にする。
簡単にその口をふさいだりできない。
要注意、応急処置のままで
「このスプーン、どうするの?」
きみにあげる。
売るもの、もうないか
とジリジリする地面に
わかりやすい状況をおくのだ。

毎日なにかひとつ失敗して

かならず目撃者がいる
冒険人生
「おしりで滑るしかない」
斜面を旅して
いそがずに
大好きな
きみに飽きるまで。

招待されていない

どこか
そんなに遠くないところで
事件。
汗のにおう枝をねじ折って
不必要だとは言えない抵抗になる
思い出せない名前

夏のコンクリートに
とくになにかを真似たわけでもなく
とぎれた線を正当化しないための
影と行為。
いや、真似している。

「影と行為」はラルフ・エリスンの本のタイトルだ。

クルクルと回る
発信機
未来の自分の置いていった帽子と
スリッパもそばにあって
ぼくの影は楽天的な男だ。
さらに移動するとしたら

ある人を好きだ
ということを隠しきれなくなる。
それを願っているのかどうか。
何階にも招待されていない
この身の湿気対策。
上手に汗をかくことだ。

ガラムマサラ

何を言っているのかわからない箱を
運ぶ手段
いつもわからなくなる。
香りのなかを二人で歩いて
迷ったら迷った二人

汚れたら汚れた二人
ということにならない。ぼくの鼓動が速くなると
この箱に忍び込んでいた「考えなおして
くれよ、ベイビー」から
彼女はなにか剝ぎとり、自分もなにか剝ぎとられている。

どうして裾野に、荒川さんのように
冷静になれないのか
胸の箱を叱って
二〇一六年七月二十四日
日野駅から立川駅に向かう

うしろから四両目
言えることは言ったという顔を窓に映して
多摩川をわたり、同時にパンツだけになって
ジビ、ジビ、ジビ、黒い空の川を
暴れながら進むお兄ちゃんのことが心配なのだ。

だれにでも言い分はある。午後七時から八時くらいまでの
「この目を見なさい」
その言い分と
濃度に別々の旅をさせる階級社会
何を生かしてきたことを隠しているのか。

読者よ、渦巻きだ。
ふだんやっている箱の壊し方からはじめて
緩やかな上り坂と見えたものに裏切られ
時間に妙なシール貼られている男を飲む渦巻きに
気づいてほしい。

箱を落ち着かせるために
ぼくたちは野菜を食べる。
ガラムマサラが彼女のブーム。
指示よりもすこし多く使ったけれど
気がつかなかったみたいだ。

3

休息のとり方

眉毛の置き場

きのうの朝のことだ。
ピンクにちかい紫の、金属光沢のジャンパーを着た
眉毛の濃い六十代の男が
コンビニの前でタバコをすいながら独り言をいっていた。
六十代。ぼくと同世代。
ジャンパーの色が気になった。
ピンクにちかい紫、そんな色の口紅があるだろう。
眉毛にも塗ってみたい。

コンビニの前でタバコをすう人たち
家ではすえないのだろうかといつも思う。
「置き場がない」だったような気がする。

彼の独り言。

「なんの置き場ですか」

とは聞かなかったが
「自分の置き場だ」

とその濃い眉毛が答えるのを想像した。

けさはお地蔵さんのような眉毛の男が夢に出てきた。
一緒にすわるところが見つからないまま
立って話をしたが
何を話したのか
思い出せない。おぼえているのは
根もとが太くて先端が細いその眉毛と
上等そうだがくたびれたジャケット。
ネクタイはしていなかったと思う。メガネはかけていた。

子どものころ
ぼくの好きなスポーツ選手や歌手は

みんな濃い眉毛。
漫画の主人公たちもそうだった。
どこでもタバコがすえて
ピンクにちかい紫、そんな色を着ている男はいなかった。
でも、自分の置き場がない男は
たくさんいただろう。お地蔵さんも多かった。

思い出した。
お地蔵さん
美術の先生
中学生のぼくの絵を
「マンガみたいに線を描いちゃうからダメなんだよ」
と叱るように言った人だ。
いまは簡単。その眉毛をピンクにちかい紫で描いて
絵に入れるのは。

休息のとり方

外で仕事があると
だいたいだれかと飲んで
一日をそれで終わりにしてしまう。妻がいないときはとくにそうだ。
たまにはそうならないようにしようと
早めに帰ってニューバランスを脱いだが
豆腐が食べたくなってまた外に出た。

近くの豆腐屋さんはもうやっていない。
五分以上歩いてたまらん坂の都民生協まで行った。
絹よりも木綿だよね。
顔を知っている
でも話したことのない人が言った。

木綿のほうが生きている気がするだろう。

同感だ。買ってきた木綿豆腐をあたためて
ネギと肉味噌をのっけて食べた。ビールと日本酒を飲み
窓のカーテンの襞を見つめながら思い出した。
生きている人間じゃなくて
死体をさがしてほしいのよ。
新宿駅構内の「ベルク」という店で会った依頼人の言葉だ。

無理だとことわった。いつから探偵になったのだろう。
それから、そのほかの
昼間会った人間たち
言葉づかいを直してやろうなんて思ったのはよけいなことだったと思った。朝起きると雨が降っていた。
飲みすぎたかもしれない。

ここに死体がひとつある。

だれかに電話するほどのことではない。シャワーをあびて
やはり生協で買った
あまりおいしくないパンとゆで卵を食べた。
このあとゴロゴロしないのが
いい休息のとり方だ。

天国の駅

北のヴォイヴォディナ自治州の美しい町ノヴィサドから
ベオグラードに戻る列車で
ロマの家族に会った。
百年前から反省なんかしたことないような
やんちゃな大人と笑わない子どもたち。

接点は百年前でも百年後でもないきょうの人間であること。
大人と子ども。かれらとぼくたち。
英語がちょっとだけ通じる。
ベオグラード、好き?
焼け跡や超オンボロから最先端までなんでもある首都。痛い目にも会った。

着いたらまずビールに串焼きのソーセージ。揚げパンもね。
だが、車窓の空はよく晴れていたのに
ベオグラードはあらし。
雨が壊れた噴水のように踊り狂っていて
駅から出られなくなった。

列車の客だけでなく、近くの公園のテントにいた人たちが来ている。
列車で話した家族の仲間もいる。
大勢の人。
それぞれの脱け出してきた地獄が
顔にはりついているきょうの人間だ。

きょうでなくてもこの構内が根城のおばあちゃんが
いろんなものを売りつけようとする。
いちばん訳のわからないのは
赤や黄色の紐のようなものとキリル文字の彫り込まれた石のセット。
天国に行くのに必要なものだよ。

ここがもう天国じゃないですか。
おばあちゃん、笑った。
ここのトイレ、しゃがむ式だ。
行列に並んでやっとのことで用を足してきたきみが日本語で言う。
おばあちゃん、また笑った。

いつのまにか雨があがり、構内も明るくなって
人が減っている。
どこまでの、天国。どう保存するか。ぼくたちは
百年後のお腹をすかせた子どもになって
おばあちゃんに頬に三回キスされた。

滞在者

スロヴェニアの西側。アドリア海に面したピラン。
美しい国の、美しい町である。そこに、おんぼろトラックで運び込まれた
まるい世界。ちゃんとした円じゃないし、十分だとは言えない。
夕方、ビールを飲みながら
海のむこうのイタリアに陽が沈むのを眺めて
涙ぐむロマンティックな愚か者を
殺してきたぼくに。二十一世紀であることを
忘れさせそうなサーカス。その娯楽性は。

中世の途中までは「独自の自治、法、都市開発など」で自分中心の円を描いた。
以後の千年、大きな国の一部となりながらも
言うことをきかない泥棒や革命家が

さまざまの円を走りぬけただろう。
円に囲まれる小さな家々。
その家々が囲む円もある。
見てごらん、この円形広場。円の外にも空いた地面があり
持ち込まれたものを運びだす細い通りが方々に出て
全体は大きなアメーバ形。どう抱きしめる?

通りのひとつ、マルクス通りのぼくの楽しみは
夜遅く、上の階のひとり暮らしのマリヤが
自慢のホットワインをごちそうしてくれること。
メアリーでもマリアでもないマリヤは、ぼくと同い年。
「生きる能力がない」のも同じだと彼女は言う。
二人でセルビアやクロアチアの音楽を聴く。
ときどきエコーがじゃましにくる。
エコー、おしゃべりな妖精でも日本のタバコでもない。
戦争から逃げてきた人たちのたどりつく浜辺からの反響だ。
戦争、いまはどこだろう。

そんな心配しないでもう寝なさい！

サーカスのテントが消えた
さびしい円を、アフリカのガーナ出身のボッスマンさんが横切っていく。
医師、そしてヨーロッパの旧社会主義国では最初の黒人市長だ。
挨拶したい。ぼくは泥棒でも革命家でもない。
マルクス通りのアパートに滞在している。
問題はこの滞在の目的だ。どう言ったらいいいか。
マリヤはスロヴェニア民主社会党員で
ボッスマンさんと仲のいい人たちの円のなかにいる。

路上

町から町へ
一泊か二泊で移動する。
何も見ないわけではないが
泊まる場所の近くに安くておいしい店があれば
あとはそんなに求めるものはない。

気をつけているのは
旅の理由を言わないこと。
飲みすぎないこと。
霧のなかを歩いても
町でいちばんの美女や黒幕には近づかないこと。

過ぎ去っていく背中を
追いかけそうになって
胸に手をあてた夜のベッドの
皮膚にチクチクするやつも怖いけど
路上のぼくはまだ甘い。
「彼にはいいところがある」
自分のことじゃないのに聞き耳をたてる。

旅行記を書く。
昔、だれかとそんな約束もしたが
果たせそうにない。事実というものは
逃げ足がはやい。不意打ちの
ストレートパンチの痛さも
いつか懐かしいだけになり
たまにはひとつの町に長居する。
できごとに参加していない傍観者

ほとんど死んでいる、自分に似た男とすれちがって
わかってしまう理由のために
明日がなくなって。

それでも、また動く。
花の季節だ。
貧乏旅行者があふれる案内所の前
似てはいても咲き方のちがうもので
生きかえる世界
そっちはぼくに用がなくても
ぼくは用がある。

竜のかなしみ

谷間の子分たちがうるさい。
大風がきて影が揺れ
上にいる大臣や大物もだれかの子分なのだ。
指令を待つな
自分で感じて考えろと言ってやりたくなる。
イヤー・オブ・ザ・ドラゴン
へんなインネンつけるみたいでわるいけど
ぼくの背中の竜が怒っている。

詩人D・Tの仕事していた小屋と
お墓を見に行ったウェールズの入り江。
赤いドラゴンの旗をもった男の子に会う。

だれを応援している?
たぶんラグビー選手の名前を言い
潮の引いた広い浜辺の光のなかに消えた。
彼が言わなかったこと。
うちのママは世界一。でも、もう会えない。

自殺者の多い地方。
ここにも春がきて
恋するドラゴン、二匹でひとすじの
雲の運命を急がせるダイナマイトの
置き場をさがして空にのぼる。
待て、壊れないためには地に降りて
泉の水を飲む竜を心のなかに育てるんだよ。
ブータンの若い王様が子どもたちに教えていた。

笑っていい。水を飲もうとして
泉に映った自分の目におどろく。

ウサギの目をしている。わざわいの
陸と海の上を飛び、もうだれの子分でも親分でもない
人々の「経験」を食べてきたけれど
たいして成長してないね。
竜の年の、寒い朝。
光となったかなしみを抱きしめる。

黒砂糖

夢で会う人
いつかほんとうに会えると思った。
オレンジ色の倉庫街
水たまりに何度も足を突っ込んで
おしりまで濡らしながら

とっさの判断で
歩けない草たちを踏まないように膝を閉じて
屋根だけはりっぱな事務局
用事はなくても
休んでいきなさいと言われたけれど

わたしは女生徒だ。
水島先生
人間という機械の奇怪さを
ここで説明すべきなのかどうか
修理の終わったばかりの楽園から
苦難の配給があっても
笑顔で終わる
よくできた一日を盗むと
おいしい砂糖がおまけで付いてきた。

水島先生の故郷
南の島の黒糖
袋には黒砂糖と書いてある。
もうすぐなのかな。会ったら
この砂糖を使ったタレにつけこんだ
半熟卵のてんぷらだ。

＊二〇二〇年三月に公開した映画『パラダイス・ロスト』でヒロイン亜矢子がこの詩を読む。そこでは「水島先生」が「ヒラカズ先生」になっている。平和と書いてヒラカズと読むその名前の先生は、詩人水島英己のイメージからぼくが勝手につくりだした人物で、佐々木ユキという彼の教え子がこれを書いたことにした。

運ばれる日

運ぶ。はっきりと思い出せるのだが
よく工夫された「特集」の
鏡のなか
かわいい男の子が
スーツケース、楽器、自分
という存在をわかりはじめた自分を運んでいた。

「だから、おまえは
つまらない詩しか書けない」
と言われた。ぼくの
いちばん言われたくない理由で
何を運びたかったのか。

言ったほうもつらかったのだ
と思いあたって、その子を見ていた。
運ぶ。その意味をわからずに
準備をはじめる段階
おぼえたての言葉を連れて
迷うための、美術館の大きな庭
さいわいに何も「わたしを殺して」とは言わなかった。

持っていかれるよりも
連れていかれる、だったか。
確かに、いつかはなれる
健康な人
同じことをうるさく言い
食欲のないこと滅多にないという程度には。

その裸体が

果物のように運ばれる日
スーツケースには
まどろみと苦難
二つの部分に区切られる滞在が用意され
楽器は鳴ったら最後、だれかに聴かせる歌を要求する。

はねない話

ちょうど八十年前の、一九三九年
翌年にやるはずだったオリンピックの中止が決まった東京で
彼は生まれ
中国大陸にいた父は
動かない中国人を見つめていた。
兵士じゃない。
男でもない。くちびるに
黒いアリが這っている。
水を飲みに川べりに降りてきた
そのままの姿勢。
真昼のどんよりとした水面に魚がはねて光った。

いつだったろう。二十世紀のうちに八十歳で亡くなった父が
子どもの彼にこの死体の話をしたのは。
高度成長期
個人的には不調がつづき
酒を飲まなかった父のたのしみは
甘いもの。「洋生」ならなんでもよかった。
晩年も不二家のショコラーテ・トルテが好きだった。
朝食は砂糖をたっぷり入れたミルクティーと
ジャムを塗ったトースト。「和風」をいやがった。
たぶん日本がきらいだった。
どこで食べたのか、ウサギの頭はおいしいと言った。

はねる。魚が。ウサギが。子どもが。
〈捕まえようとする手や仕掛けから逃げるってこと？〉
〈だとしても、人の場合は
おとなになると他動詞の「はねる」が忍びよってくる。
ピンをはねる。クビをはねる。道具や機械を操作して

人をはねる。はねられることもある。〉

今年、八十歳になる彼

ずっと辛党の「闘士」だが

だいぶ前から父に似てきたと言われる。

ここまで人をはねていない。

はねられてもいない。

雪

海ではなく
大きな川
そのそばで働いた
雪の日の、慣れない贅沢と連絡。落ち着かない。住所でわかってしまうことがある。

血痕
ウェディングドレス
いつの話だろう
日付のわかる写真とわからない写真。どちらでも影のすることを私たちはしない。

仕事
イギーもリアーナも

それを歌うが
死ぬ人たちもいた。次の仕事で得るお金の計算、そのメモを情事の部屋に残して。

二〇年代
三〇年代
どんな顔の支配者に会うのか
雪のなかで乗り換える人たち。遠くまで行く。行く前に部分が破れている。

写真を撮って
終わりということには
させなかった
その雪。飛ばなかった飛行機。貼り紙。だれの戦争に汚れるためだったろう。

通勤の途中の姿を
撮られている
空をあおぎ
てのひらを上にして肋骨を引きあげる会計係。わかったら「はい」と言え。

新聞を手に持ち
目立たないようにして
目立っている
名前のちがう何人もの声をもって、ひとりでいる。望みは、だれでもないこと。

ひとりでいてもひとりにさせない
オフィスに降る雪
静かな写真だが
影よ、おまえもなにかを支配しようとするな。この雪の作者はそう言っている。

不安
不穏
どうちがうのか
生きる。寒い。午後三時、実物を見たことがないもので社会につながる。

セザンヌ

カード遊びをする人たち
首吊りの家
サント・ヴィクトワール山
どうしてこんなにいいんだろう
セザンヌ
帽子の行商人だったこともある父の経営する銀行に勤めながら
美術学校に通った。
若いときは
突進するしかない。
やはり商才のあった父をもつ
元軍国少年の
美術の先生が言う。

もういいか
まだ追いつけない。
依存、という言葉が使えない
被災地の夏をスケッチしながら歩き
太平洋の濃さを怖いと感じた。
まだ目と脳が助けあうようにはたらかない。
教え子たちとのつきあいはなくなって
孫が九人、ひ孫が三人
セザンヌに出会ってからずっと見てない夢がある。

少年でなくても

将校の帽子を拾ってかぶり
風のなかに立つ少年
見くびっていると大変なことになる。
車輪の扱いが上手だったりしたら、とくに。

小鳥ちゃんの一種。小さな敵。
そのヒステリーがいつのまにかひとつの組織を動かして
戦争。歌あり、盲目あり、神秘ありの
燃えるものを燃やすライヴだ。

もともとぼくは汚点だらけ。気づかずにいたけど
いつでも夜。それは我慢できても

魂のこもる好ましい形体には出会えない運命。
いつでも夜。必要な星は盗み

ヒゲもないのに「知る権利」を管理する。
その質問には答えられません。
いつもそう言う。市場でなにか車輪のついたものを
運んでいたというどこかの長官のように。

胸から上だけの、おなじ境遇ということを
いやがる帽子が、ふとした拍子に悪魔を生産する。
美しい町にたどりつく美しくない孤独。
逆だろう、貿易風の吹き方は。

車輪の下の、太平洋
少年でなくても倒れ方が明るいってことはある
としたら、死の濃淡のどこまでが正解で、どこからが南海なのか
考えながら脱いだ靴に酒を入れて飲む詩人がいた。

酒場の天使のひとりに恋をして
美しいといえば美しいヒビの入った山にのぼった。
砕かれた車輪が仕事をする。
そうさせた。合図と合図。放棄と放棄。八十年くらい前の話だ。

夫婦模様

運動神経のよさ。鎖骨が高い位置にあって
肌にのこる縄のあと。
足場を探した水辺での、その
誘惑に負けたとは言いたくないけれど
気がつくと
型と型
具体的には肩と肩が
そのときごとにちがう抑揚でぶつかりあうディープな大阪だ。

たとえば火事になる前の十三。
外にもれないように工夫したはずの応答が
感謝しない人たちを

笑わせていた。
いや、感謝を言葉にしないだけで
ほんとうは思いやりある人たちだったか。
感謝しない人
どこでも筋金入りは表に出てこない。そのかわりに

平面をぎこちなく撫でる指の仲間が
背後にせまる夜を管理した
白黒テレビの時代。
革命はすでに遠のいても
国民の多くが祝った結婚よりも
大事な、社会主義の夢
それぞれの大阪に
おどろいて引く線が四月十日も大きな模様をつくった。
もっと昔は。教会を去り、レンズを磨く仕事をしながら
人の体のなしうることにおどろいた哲学者と

見えない縄に縛られている人や動物を
ほんとうに縛ることで
解き放った魔女。千日前の
「不自由さの実験」をいくつさかのぼった間柄だろう。
相手のすることには感謝して
新世界を歩いた。

きのうの森を出てきょうの森に入る。府民の森、その
まだ管理されていない道での
ひとりではできなかった仕事
肩よせあって片付けたのはいいが
あっというまに老いて、大阪らしい味の
まだら模様の上に単純な対称模様
どちらも体のどこかになにか貼っている。
この世の、よく練られていない計画の一部になることを拒んで。

メガネくん

ぼくは小六からメガネをかけている。
メガネをかけると黒板の先生の字がよく見えて
ソフトボールで空振りもしなくなったが
メガネくん、と呼ばれるのがいやだった。
坂下で待ち伏せしている怪力の中学生には、とくに。

怪力、あこがれても
憂さばらしの砂袋は破れやすく
ぬかるむことのある土の道が多かった
昭和三十年代の、東京の杉並
ノボル、ユキマサ、ケンジでNYKクラブを結成し

土曜の午後は
善福寺川べりの小さな国を支配したけれど
英語塾に通うようになって
それもできなくなった。そのころからはじめたことで
人には言えないこと

ノボルとユキマサにも言わなかったことの
背景になる、支配できない場所に
ヤギを飼う一家が住んでいた。
おじさん、おばさん、おねえさん、チーちゃん。
おでんのジャガイモとちくわ、ごちそうになった。

おじさんはいまから思うとレイシスト。
同じことを何度も言った。
女性たちは、思想はよくわからないが、ぼくはドキドキした。
チーちゃんの完璧なスクールガール・ブレストには、とくに。
スクールガール・ブレスト、ずっとあとに知った英語だけど。

メガネくん、英語習ってるんだってね。
何が押しつぶされる秋だったのか
その一家がいなくなって空き家になった家から
メガネをかけた男の子が出てきて
英語でなにかつぶやいている。

アイアム、ア、なんだろう。
メガネくん、足もとの雑草の花たちの
力がくっきり見えるようになってから
人に会いたくない。
でもそれはほんの一時的なことだと教えてやりたい。

窓のない部屋

窓をあける。まだ生きていた。
川を見る。電信柱と電線を見る。空と木々と建物を見る。
きょうの、きのうのつづきではないきょうの
期待、なんだったろう。
とぼける神様にパンチをくらわして
人がひとりいるのを見る。
その立ち方、あやふやな記憶になりそうだ。
人がひとり、自分がそのなかにいる世界の確かさに
自信をもって
立つことが
できないなんて
くやしい。

見方は変化する。
望んでいたのか
と訊かれたら、子どものように黙ってうなずくしかない
「独立」という言葉を聞いた夕暮れ。
六時二十七分のバスに乗りそこなった。
黒人たちのいる石段をおりる赤い光に
溶ける記号を読もうとして。洗い物、もうないだろうと思っていると
次々に運ばれてくる川べりだ。他人事のように苦難は迫り
とくに川べりでは引きずりだしたくなんかない
死者の眼球のかわりに
月がのぼる。
十月だから火星を家来にして。

だましうちにはもってこいなのか。月明かりの街道を行くのは。
生まれたときは小さなライオンでも、窓の外を見るうちに
告発をおそれる自分に気づいていく猫。

敵の気配はそれなりに察して、肌の黒さ、薄めで
汚れた川の匂いがするやつ
それがぼくだ。
きょうの川を渡ったら
どんな立ち方でもなんとかなる想像の国を楽しみ
夜が明けるのも気づかない
窓のない部屋だ。
バルセロナではいつもそうだった。
とくに不便なこともなかった。

絵を描いていた

ある革命家のことが急に好きになり
遠雷に、久しぶりに、絵を思いながら
坂道をのぼりきって
タバコを吸った。
そのころはまだあった
スミレの味がするタバコ
ひとりじゃないと思いながら。
簡素さ、引き算をもっと、なのだろうが

きみがバイトで稼いだお金で買ってきてくれた
むらさき色のパッケージのタバコだ。
描いている絵

行きづまるたびに思い出した
山の光線が降りていく古い家には
ぼくたちのどちらの姉でもない
美しい人がいて、わがままを言い、まわりの者を疲れさせて
秋に自殺した。

彼女のかわりというわけでもなかった
と思うけど、二人で訪れた区
数えたらきりない演説会と打ち上げがあって
どの区から帰って以来だろう
夫であり、妻であることにホッとしながら
送ってもらったイモの皮をむく。
要するに、何年かかっても
やるべきことはやりとげるという意志の力が必要なのだが

あてにならないぼくの「はい」の返事
それをめぐる定番のケンカが

二人の尊敬する人が殺されたというニュースで中断された
二〇一九年十二月四日
杉並区の、子どものときの
絵の教室にもぼくがいた。
好きな絵といい絵
どうちがうのかと質問したきみに答えるために。

虫の言っていること

踊る人
ワークショップで生計を立て
黒豆と肉のとびきりうまい煮込みをつくり
愛を表現する
そのためにときには虫のように動いて
いまはサンパウロで
「この時代に生きることの
意味を求めて」という講座も。

いつになるかわからないけど
仕事仲間のブンちゃんが
ぼくの長所だと言ってくれた

前向きの無邪気さ、それを光に向かう虫のような飛行機にして
会いに行くつもりだ。

虫がなにか言っている
この薄暗い土地で
しばらくは神経質な機械を油まみれになって整備する
いまどき
こんなに汚れた犬
危ない火山からでも逃げてこないだろう。

あしたもあさってても休みにならない金曜日
逃げているのはヤギたちだ
新聞で読んだ
本当とは言えないこと
それを信じる人と争う気力も失せて
ヤギたちは黒焦げになり
ぼくの飼う虫は濡れたくない雨を呼ぶ

なぜきられるのか
簡単に答えられてしまう質問はもう投げない
たぶんきのうからいる訪問者をまた殺しそこねる。

自分も踏まれないようにして仕事場の上
二階は鍵のかかったままで
もと事務所だった三階の
夜の椅子に急いで脱がれた衣類があり
セニョーラ
あなただったのか
手のなかの蛍
そんなにきれいなのは
ぼくたち
気がつかなくて不貞寝することもあるけど
みんなが愛されなくてはならないってことだよね。

自由な心

きみが上陸して
松林のなかの
まっすぐなコンクリートの道を進んだ日
涙が流れるのを
拭こうともしないで叫ぶ敗者への
栄誉は
どうされたのだったか。

ひび割れたコンクリートの隙間に生える草たちの
自由な心が
その腫れあがった足から
きみの生涯に入り込んだ。

要塞だった公園の黒い穴のまわりでは
遠くまで行く
男たちと女たちが

しゃがんで休み
もう使いものにならない夏と
水汲み場の子どもたちが
破れたシャツの取りあいをして
どうすればよかったのか。
当座のお金とパスポート
無力な王様と自由な心をもつ者で

壁に自分をたたきつけて
泣きたいだけ泣くことができない者は。
歩いていくと
あの人がいる。
その話を聞いてしまうと

この夢はだめになりそうな気がするが
用がないわけでもない。

ランプをつけたり消したりしたね。
話をした人たち
すれちがっただけの人たち
みんなの健康を祈った。
針の葉の地面に腰をおろして
空を見あげた。
花火があがった。

あとがき

五十九篇。ただ集めて並べたというものにはしたくなかった。

密かにジャン＝リュック・ゴダールの『映画史』に倣おうとした『青い家』の構成が理解されなかったことへの反省もある。思い出したのは、毎年一冊ずつ出していた時期のやり方。たいていは夏のある一日、そこまでに書きためた作品からライヴをするように一篇ずつ取りだしていって一冊にしていた。今回は、新型コロナウイルスの猛威が深刻化していった春。基本的に人に会わない日々の中、たとえて言うと自分を相手に三日間の連続ライヴをやって、三部構成となった。三部それぞれ、落ち着くところは落ち着いて、急ぐところは急いで、何よりも気持ちとしての「自然な流れ」をつくることを目ざした。

いきおいで言ってしまうと、二十世紀、あるいはこの国で言う戦前・戦中・戦後という過去の時間に挑みながら、この今日とこの先に待つ変化に「耐えうる」という以上のものにしたいと願った。そうなるように出会うべきものに出会い、盗むべきものを盗んでいるか。それを考えた。『青い家』の制作過程に3・11が挟まれたように、今回の作業にはこの三月くらいからの経験が大きく作用したと感じるし、また、そのために手に入った奇妙な余裕のおかげでまとめることができたという思いもある。

人の名前が出てくる。フルネームにしていない人たちには、新井さん（新井豊美）、せっちゃん（宮尾節子）、水島先生（水島英己）、横木くん（横木徳久）、荒川さん（荒川洋治）のような知人もいれば、ウィスタン（W・H・オーデン）やハンナ（ハンナ・アーレント）のように読者として接してきただけの存在もいる。もちろん、架空の人物もいる。名前は出していないが、実在する人物をモデルにしてつくった場合もある。対照的な例をあげると、「雪」のフェルナンド・ペソアと「少年でなくても」の菅義偉。「少年でなくても」は富士原清一をめぐる事実からも借りている。

ぼくはひとりで書いていない。その気持ちがますますつよい。初出をとくに記さないが、お世話になった編集の方たちに感謝するとともに、小詩集としてつながりを考えて発表したもの以外のほとんどの作品は、多かれ少なかれ、初出の状態に「現在」からの手が入っていることを断っておきたい。

ぼくのすることを長く追ってきてくれた而立書房の倉田晃宏さんとの最初の仕事だ。こういう時期に、ついに、である。うれしい。彼の期待に応える詩集になっていることを願いつつ、読者のみなさんに精いっぱいの挨拶を送りたい。

二〇二〇年六月一日　　福間健二

［著者略歴］

福間健二（ふくま・けんじ）

1949年、新潟県生まれ。詩人、翻訳家、映画監督として活躍。首都大学東京名誉教授。2011年、詩集『青い家』（思潮社）で萩原朔太郎賞、藤村記念歴程賞を受賞。

著書『佐藤泰志 そこに彼はいた』（河出書房新社）、翻訳『ブローティガン 東京日記』（平凡社ライブラリー）、映画『パラダイス・ロスト』（tough mama）ほか。

休息のとり方

2020年7月10日　第1刷発行

著　者　福間健二

発行所　有限会社 而立書房

東京都千代田区神田猿楽町2丁目4番2号

電話 03（3291）5589 ／ FAX 03（3292）8782

URL http://jiritsushobo.co.jp

印刷・製本　中央精版印刷 株式会社

落丁・乱丁本はおとりかえいたします。

Printed in Japan

ISBN 978-4-88059-420-0　C0092

加藤典洋

対 談　戦後・文学・現在

2017.11.30 刊
四六判並製
384 頁
定価 2300 円
ISBN978-4-88059-402-6 C0095

文芸評論家・加藤典洋の 1999 年以降、現在までの対談を精選。現代社会の見取り図を大胆に提示する見田宗介、今は亡き吉本隆明との伯仲する対談、池田清彦、高橋源一郎、吉見俊哉ほか、同時代人との「生きた思考」のやりとりを収録。

村上一郎

振りさけ見れば　新装版

1975.10.31 刊
四六判上製
464 頁
定価 1800 円
ISBN978-4-88059-011-0 C0095

昏い昭和の歴史がかかえもつ罪責を己が罪責として負い、戦い、果てた村上一郎の魂（こころ）の〈ありか〉を、自ら書きつづった著者の絶筆の書。幼少期より安保闘争までを描く、自伝文学の白眉！

草間彌生

詩集・かくなる憂い

1989.9.25 刊
四六判上製
240 頁
定価 1500 円
ISBN978-4-88059-131-5 C0092

草間彌生の第一詩集。鋭い感性が、激しく、切なく悶える、ことばの彫刻世界がここにある。あの独特の草間の美意識と存在のコアを赤裸々に示す、草間ファン必読の書だ。

ボリス・デ・ラケヴィルツ 編／谷口勇 訳

古代エジプト恋愛詩集

1992.11.25 刊
四六判上製
104 頁
定価 1900 円
ISBN978-4-88059-172-8 C0098

パピルスの間から甦る古代エジプト人の愛の詩。繊細な抒情詩に横溢する「生の歓び」──本邦初訳なる。ラムセス３世の宮廷恋愛詩。エズラ・パウンド英訳をも含めた、伊–和対訳。本書の一部はマドリガルに作曲された。

ヘンリー・ソロー／山口晃 訳

コンコード川とメリマック川の一週間

2010.1.25 刊
A5 判上製
504 頁
定価 5000 円
ISBN978-4-88059-354-8 C0097

約 160 年前の北アメリカで、ヨーロッパからの植民者の子孫であるソローは、歴史に耳を澄まし、社会に瞳を凝らしながら、自然と共存する生活を営んでいた。これは、そのソローからのかけがえのない贈り物である。

鈴木翁二

かたわれワルツ

2017.4.5 刊
A5 判上製
272 頁
定価 2000 円
ISBN978-4-88059-400-2 C0079

作家性を重んじた漫画雑誌「ガロ」で活躍し、安部慎一、古川益三と並び〝三羽烏〟と称された鈴木翁二。浮遊する魂をわしづかみにして紙面に焼き付けたような、奇妙で魅惑的な漫画表現。加筆再編、圧倒的詩情にあふれる文芸コミック。